Aljeen Hasan

Unsichtbare Kriege

story.one – Life is a story

Liebe Sabine,

danke, dass du heute da bist
und schade, dass du die Lesung
verpasst hat.
Aber ich werde dich beim
Lesen begleiten---

story.one

Alles Liebe---

1st edition 2023

Production, design and conception:
story.one publishing - www.story.one
A brand of Storylution GmbH

Font set from Minion Pro, Lato and Merriweather.

ISBN: 978-3-7108-9156-4

Jeder Mensch hat seine eigene Geschichte und
diese unterschiedet sich von allen anderen.
Wenn eine Geschichte die Wahrnehmung einer
ganzen Gruppe vertritt, dann existieren die anderen nicht mehr.
Wir brauchen keine Held*innen-Geschichten,
sondern müssen jedem einzelnen den Raum
und die Möglichkeit anbieten, über sein eignes
Schicksal differenziert zu erzählen.
Erst dann existiert diese Person.

_ Jad Turjman

INHALT

Rucksack der Erinnerungen	9
Morgendämmerung, eine Sehnsucht	13
Motivationsbriefe	17
Der erste Ausriss	21
Wrestling-Ring	25
499 Wartende und ich	29
Eine Fahrt der Erlösung	33
Two homes, one soul	37
Traumfängerin	41
Der Maisfeld am Weg zur Zulassungsstelle	45
Klopapierkampf, ein Flashback	49
Erfolg einer Sonnenblume	53
Die unsichtbare Krankheit	57
IS, Schlacht während des tiefsten Schlafs	61
Fluch der Flucht	65
An meine Mentorin	69

Rucksack der Erinnerungen

Mentorin! Du kennst mich sehr gut, jede Kleinigkeit in meinem Leben: meine Ängste, Träume, Versuche, Scheitern, Hoffnung, Kämpfe, Schwächen und Stärken.

Dennoch gibt es Dinge, die ich verborgen habe, nicht weil ich dir nicht vertraue, sondern weil ich versuche, mich zu überzeugen, dass sie vorbei sind.

Nimm als Beispiel meinen Hass gegenüber Rücksäcken. Ich hasse sie nicht, weil ich das Reisen nicht mag – das würdest du ja wissen, sondern weil ich den Rucksack als Räuber betrachte. Als Räuber der geliebten Menschen.

In den ersten Kriegsjahren, verging kein Tag, an dem die Tür unseres Hauses nicht geklingelt hat. Kein einziger Tag, an dem meine Lieben mit ihren ermüdeten Gesichtern, tränenden Augen und veralteten Rucksäcken nicht vor unserer Tür standen. Ich machte die Tür auf und brauchte kein Wort, um den Besuchsgrund zu verstehen. Tag für Tag musste ich diese Abschiedsszene bezeugen. Ich habe dieses Klingeln gehasst, es erinnerte mich an die Trompete des Jüngsten Gerichts.

Wenn ein Familienmitglied keinen Ausweg fand außer den Fluchtweg, dann begann in der Familie die Abschiedszeremonie. Jedes Mal, wenn sich jemand verabschiedete, war ich zornig, nicht nur, weil es uns verlässt, sondern weil auch ich eines Tages mit einem Rucksack vor der Haustür stehend „Leb wohl" sagen wollte. Doch das ist nie geschehen. Denn als der Tag kam, Kobanê zu verlassen, verabschiedete sich die ganze Stadt von den Engeln, die ihre Häuser beschützten, und ich hinterließ niemanden, von dem ich mich verabschieden konnte.

Als ich von meinem Vater erfuhr, dass wir aufgrund des IS-Einmarsches fliehen mussten, konnte ich nichts anderes als einen kleinen Rucksack mitnehmen, weil ich die türkische Grenze mit 400.000 weiteren Menschen zu Fuß überqueren musste.

Ich rannte ins Zimmer, griff nach dem Rucksack, mit dem ich einen Tag zuvor in die Schule gegangen war und leerte die Schulbücher aus.

Warum, weiß ich nicht, aber ich nahm das Fotobuch aus dem Schrank, zog jedes einzelne Foto aus dem Album, um den Rucksack für die Grenzüberquerung leichter zu machen. Ich blickte zurück und verabschiedete mich für immer.

Je mehr ich mich der türkischen Grenze näherte, desto unerträglicher wurde mein Rucksack, nicht nur, weil ich ermüdete, sondern auch, weil die Erinnerungen in den Fotos mich zurückzogen.

September 2014, Kobanê/Syrien

Morgendämmerung, eine Sehnsucht

Es ist kurz vor 04:00 Uhr, ich höre den Wecker klingeln, die erste Morgenbrise berührt meine Wangen, sie bringt Frische mit sich. Mit kaum geöffneten Augen greife ich das Handy und schalte den Wecker aus.

Der Garten ist noch dunkel, während ich mich aus meinem Bett erhebe, die Decke um mich schlinge und meine kleine Schwester sich unten auf meiner Schlaffläche an meine Beine klammert, damit es wieder warm wird. Ich bedecke sie und verlasse langsam das Moskitonetz, das unseren Schlafplatz im Garten umgibt. Das Moskitonetz war jeden Sommer das Highlight unserer Nächte, meine Mama nähte es quadratisch, befestigte an den vier Ecken lange Bänder, die wir wiederum an vier Bäume in vier Richtungen banden. Und so entstand eine durchsichtige Kammer aus durchsichtigem Stoff, in der sich Schlafmatratzen und Decken und natürlich ein großer Kaltwasserbehälter befanden.

Ich gehe ins Haus, bereite mir eine Tasse Kaffee vor, inzwischen mache ich das Fadschr-Gebet unter den Sternen, die sich langsam verabschieden. Dann nehme ich meine Lehrbücher und eine Jacke und gehe zur Dachterrasse hinauf. Die Dunkelheit beginnt zu verblassen und die ersten Strahlen der aufgehenden Sonne malen den Horizont in warmen Farben. Die Welt erwacht langsam zum Leben: der Nachbar, der die Eisentür seines Minimarkts langsam öffnet, der Lärm der Hohlblocksteinfirma in der Ferne, das Weinen eines Kindes nach der Milch und die Mutter, die im Haus nebenan schreit.

In diesem Moment fühle ich mich lebendiger als je zuvor. Plötzlich wärmt eine Träne mein Gesicht, die aus Dankbarkeit und Glück fällt. Die dampfende Tasse Kaffee wärmt wiederum meine Hände, während ich der Sonne von meinen Träumen und Wünschen erzähle. Jeden Tag stehe ich da, wo sie scheint, erhebe meinen Kopf und teile ihr alles mit, was mir auf dem Herzen liegt.

Es ist kurz vor 04:00 Uhr, der Wecker läutet schrill. Ich öffne die Augen und sehe die nackten Wände. Dieser Raum, der sich mein „Zuhause“ nennt, raubt mir jeden Blick in die Sonne. Es ist der fünfzehnte Tag in dieser Enge.

Es ist der fünfzehnte Tag mit meiner neuen Identitätszuschreibung als Flüchtling an diesem fremden Ort.

September 2014, Urfa/Türkei

hope

Motivationsbriefe

Oh, Mentorin! Ich frage dich, was bleibt einem, wenn man in einem einzigen Augenblick alles verliert? Gibt es überhaupt etwas, das ich retten kann? Es gelang mir nicht mal, mein Tagebuch herauszuholen, nur ein paar Bilder und ein verfluchtes Gedächtnis als Beweise für meine Existenz in Kobanê. Alles, was ich einst war, alles, was ich mir so sehr wünschte zu sein, zerfällt zu einem Nichts...

Dennoch kann ich nicht aufgeben. Ich weiß nicht genau, was, denn ich habe bereits nichts, aber ich darf einfach nicht aufgeben.

Und so beginne ich eine Reise, den Spuren meines Lebens entlangzugehen, das sich plötzlich Vergangenheit nennt. Ich suche nach meinen Freund*innen auf Facebook, nehme Kontakt mit meinen Lehrern Khalil und Sharif auf, denn sie erinnern mich an das, was ich einst war. Ich schaffe es nicht zu realisieren, dass ich erst vor wenigen Tagen an der Tür meines Lehrers stand und ihm von meiner Leidenschaft für das Schreiben erzählte. Er versprach mir, mich in die Kunst des literarischen Schreibens einzuführen, sobald ich die Matura bestanden hätte. Doch jetzt kann ich weder die Matura ablegen, noch mein Hobby verfolgen.

Mentorin, ich bin rettungslos, ich kann jedoch nicht untätig auf mein Schicksal warten. Ich wage nicht, in die Augen des kleinen Mädchens zu schauen, und zu sagen, sorry, ich konnte mich nicht an mein Versprechen halten.

Gegenüber meiner sogenannten neuen Heimat befindet sich ein Minimarkt, und ohne zu zögern, ergreife ich das einfachste Notizheft, das sie führen. Zu Hause beginne ich alles niederzuschreiben: meine Träume, Ziele, was ich einst war und was ich zu werden hoffe. Ich schreibe an mich selbst, um mir klarzumachen, warum ich niemals aufgeben darf:

Aljeen, mach weiter. Kämpfe weiter für alles, wofür du einst gestanden bist, und für alles, was du heute nicht mehr sein darfst.

Mach weiter für deine Zukunft dort, die du nicht mitnehmen durftest.

Kämpfe weiter für tausende Kinder in Flüchtlingslagern, denen heute die Kindheit geraubt wird.

Mach weiter für all deine Freundinnen, die aufgrund des Krieges früh heiraten mussten und ihre Bildung nicht fortsetzen durften.

Kämpfe weiter für jene tapferen Freundinnen, die sich den Schatten des IS in den Straßen von Kobanê entgegenstellen, ohne zu wissen, ob ein neuer Tag für sie anbricht. Dein innerer Kampf ist nichts im Vergleich mit deren Kampf, während diese Löwinnen, in so jungem Alter, eine Waffe in der Hand, das Schicksal ihres Landes bestimmen. Kannst du zumindest dein eigenes Schicksal nicht bestimmen?

Jeder führt seinen eigenen Kampf und das ist dein innerer Kampf.

September 2014, Urfa/Türkei

Abreisen bedeutet, ungelesene Bücher, nicht gemachte Bilder und ein unvollständiges Gedicht in der Mitte zurückzulassen, weil du dich beeilen musstest zu gehen, so blieb das Gedicht warten.

-M. K

Der erste Ausriss

Weißt du, dass ein Mensch wie eine Pflanze ist? Wenn er einst aus seiner ursprünglichen Erde gerissen wird, kann er nirgendwo solche tiefen Wurzeln schlagen, denn er wird permanent die Angst haben, wieder ausgerissen zu werden.

Ich stehe mit einem Rucksack und einer Gitarre am Flughafen, vor mir ist ein in blau geschriebenes Schild:

„Arrivals, welcome to Salzburg“

Weißt du, dass ich während der Flucht aus Kobanê keine einzige Träne vergossen habe? Nicht weil ich nicht traurig war, sondern weil ich unter dem sogenannten „shock effect” war.

Meine Mama hat gerade das Mittagessen hingestellt, wir saßen zum Essen, da rannte mein Vater und rief: „Los schnell, wir müssen raus, niemand ist mehr in der Stadt, der IS ist in den Dörfern Kobanês einmarschiert und ist am

Weg ins Stadtzentrum.“ In diesem Moment mussten wir rasch handeln, entweder weiteressen oder einpacken und retten, was zu retten ist. Das Tablett mit dem Essen stellte meine Mama in die Küche. Ein paar Monate später, nach der Befreiung der Stadt vom IS, bekamen wir von Verwandten ein Foto eines verstaubten Tabletts mit Stein- und Felsresten.

Es war unsere letzte Mahlzeit.

Der rasche Aufbruch aus Kobanê war der Grund für die Trockenheit meiner Augen. Erst ein paar Tage später, nach der Ankunft in der Türkei, konnte ich das Ereignis realisieren.

Jetzt, und im Gegensatz zu meiner ersten Flucht, weiß ich schon seit Monaten, dass mein Bruder, der vor zwei Jahren auch den Fluchtweg nach Europa gehen musste, den Antrag auf Familienzusammenführung in Salzburg gestellt hat und der nun bewilligt wurde. Somit war mir klar, dass meine Existenz in der Türkei ein Ende hat.

Ich habe meinen Aufenthalt in der Türkei immer als Zwischenstopp betrachtet. Nichtsdestotrotz trat ich zur Matura an und schloss sie positiv ab. Überraschenderweise wollte ich sogar dort bleiben und ein Leben aufbauen, ich habe mich für ein paar Studiengänge beworben, denn inzwischen beherrschte ich die türkische Sprache, fand Freund*innen und Arbeit.

Am Flughafen Istanbul musste ich meinen Flüchtlingsausweis vor der Abreise abgeben. Es hat mich, ehrlich gesagt, erleichtert, denn ich dachte, ich muss mich endlich nicht mehr als Flüchtling identifizieren. Ich lag aber falsch, diese Identität begleitet mich bis zu diesem Moment, in dem du diesen Brief liest.

Vielleicht wird sie immer da sein.

Februar 2016, Salzburg/Österreich

Wrestling-Ring

Ich befinde mich gerade in einem Wrestling-Ring, keuche wie verrückt, meine Herzschläge höre ich in meinen Ohren pulsieren, meine Lungen brennen vor Anstrengung, der Atem hebt meinen ganzen Körper rauf und runter. Ich versuche, mir mit einem Blick ein umfassendes Bild von der Situation zu verschaffen. Die Kämpfe zuvor haben tiefe Spuren hinterlassen. Jede Zelle schreit nach Ruhe und Erholung. Die Erinnerungen drängen in meinen Kopf, die Sehnsucht und die Angst, doch die Pflicht zwingt mich dazu weiterzukämpfen. Ich halte die Hände vor meiner Brust und bereite mich auf jeden flüchtigen Schlag vor. Er könnte von links, rechts und sogar hinter mir kommen. Ich versuche zu erahnen, was auf mich wartet.

Unmöglich…

Egal, wie gut ich mich darauf vorbereite, mein Gegenüber ist immer einen Schritt vor mir. Ich komme nie voran, denn ich sehe es nicht. Es ist ein durchsichtiger Kämpfer. Darf ich es überhaupt Kämpfer nennen? Denn es ist unsichtbar, unfassbar und schmerzhaft.

Oh du, neuer Anfang!

„Aller Anfang ist schwer", das erste Sprichwort, das ich auf Deutsch lerne, das sich im Laufe der Jahre unaufhörlich bewahrheitet.

Eine Nacht ist vergangen, seit meiner Ankunft im regnerischen Salzburg. Meine Wahrnehmung ist getrübt, einer dieser vielen Nebel legt sich über meine Sinne. Ich befinde mich gerade in einer Polizeidirektion. Ich bekomme nichts mit, denn bei jeder Befragung und in jedem Raum, ziehe ich sofort meine Jackenhaube über und schlafe ein, sobald wir Platz nehmen dürfen. Nicht weil ich körperlich müde bin, sondern weil mich das Weinen erschöpft hat.

Tränen für den Abschied von meiner Oma, meiner Tante und meinem Onkel in der Türkei. Tränen für den Abschied von meinen besten

Freund*innen. Tränen für die Ungewissheit meiner Zukunft, Tränen für eine erneute Flucht, für die Sprache, die auf mich wartet, von der ich nur ein lautes „Ja“ nach jedem Satz kenne.

Tränen für den neuen Anfang.

Tränen, die mich in jeder Minute des Wartens im Befragungsraum überkommen und in den Schlaf sinken lassen.

Die Befragung ist aus, wir müssen in die Slowakei

Februar 2016, Salzburg/Österreich

499 Wartende und ich

In einer verlassenen Gegend, abseits des Stadtzentrums, rollte der Minibus langsam vorbei. Die Umgebung wirkte wie eine isolierte Insel, gesäumt von hundert Meter langen, identischen Wohnblöcken. Der Fahrer hält, dutzende neugierige Blicke starren uns an, als wären wir Aliens. Später tue ich aus Langeweile dasselbe bei jedem Neuankömmling. Die Aufnahmestation empfängt uns, macht Fotos und druckt neue Identitätskarten aus. Unser neues „Zuhause“ für die nächsten sechs Monate erwartet uns.

Infolge des Flüchtlingsansturms hat Österreich ein Universitätsgebäude in der slowakischen Stadt Gabčíkovo nahe Ungarn gemietet und syrische Flüchtlinge dorthin deportiert. Die Gegend ist riesig. 500 Asylsuchende, hauptsächlich aus Syrien, wurden hier zusammengeführt. Ich nenne es eine kleine Version Syriens, denn hier leben dutzende syrische Dialekte und ethnische Gruppen: Araber*innen, Kurd*innen, Turkmen*innen, Armenier*innen und Palästinenser*innen.

Für junge Männer wird das tägliche Ritual zur Hoffnung: An jedem Werktag warten sie vor der Rezeption, um zu sehen, ob ihr Name auf der Transferliste steht. Ein positiver Asylbescheid bedeutet die Rückkehr nach Österreich. Es ist eine Glückssache, man hört entweder lautes Jubeln oder schlimmes Schimpfen. Manchmal wird die Frage „Wurdest du transferiert?“ wichtiger als ein einfaches „Salam Aleikum“.

Hier hat man keine Rolle oder Funktion zu besetzen, es reicht der „Flüchtlingstitel“, um einfach 24/7 herumzuliegen. Die Kommunikation mit Landsleuten ist die einzige Aktivität hier. Es ist eine Art Vollzeit-Hobby, denn jeden Tag kommen neue Menschen, während andere das Camp verlassen. Jeden Abend um 22:00 Uhr gibt es Anwesenheitskontrollen in den Zimmern, und danach verteilen sich die Menschen in den Gebäuden. Die Kinder versammeln sich meist vor der Küche, wo es WLAN gibt, während die Männer ihre unproduktiven Nächte mit Kartenspielen und heimlichem Rauchen in der Küche verbringen. Die Kinder sind beauftragt, die Männer zu warnen, falls eine Betreuungsperson auftaucht. Einmal wurden sie sogar von einer strengen Betreuerin erwischt, und es folgte eine Zeit lang Küchenverbot.

Am beeindruckendsten fand ich die Frauenabende in einer der Wohnungen. Mit Trommel und Tanbur verbrachten wir die langen Winternächte harmonisch singend und klatschend.

In diesen gemeinnützigen Wohnflächen feiern wir Geburtstage, Abschiedspartys und machen sogar Trauerversammlungen. Hunderte auf ihr Schicksal wartende Menschen werden ein Body, der kollektiv jeden Aspekt des Lebens, besonders die Schicksalsschläge teilt. An meinem Geburtstag war ich am traurigsten, ich hatte Heimweh. Plötzlich erhielt ich die Nachricht, dass der in Syrien an Krebs erkrankte Vater von zwei meiner Freundinnen hier gestorben war, ich ging runter und verbrachte den gesamten Geburtstag mit ihnen, manchmal versuchte ich sie zu trösten, oftmals weinte ich aber mit – für das Gesehene und das Verborgene.

Juli 2016, Gabčíkovo/Slowakei

*Und ich begreife, wie unmöglich
es für dich ist, deine Fuße auf
dem Boden zu verweilen,
während dein Herz nach dem
Himmel sucht.*

_Schams-e Tabrizi

Eine Fahrt der Erlösung

Wer bin ich? Wer bin ich wirklich, Mentorin? Soll ich mich mit meiner Identität als Migrantin, Kurdin, Syrerin, Muslimin, Träumerin oder Frau beschäftigen? Womit soll ich mich identifizieren? All dies sind Zuschreibungen, die mir zugewiesen wurden, auf die ich keinen Einfluss habe. Doch weißt du, welcher Stachel am meisten schmerzt? Mit einem weiblichen Körper in diesen Gesellschaften das Licht der Welt zu erblicken. Dieser Körper verwandelt sich in ein Gefängnis, in dem du lebenslang festgesetzt wirst. Die Rollenbilder, die Schamgefühle, die Abwertung, die Unterschätzung aufgrund des patriarchalischen Systems nehmen dir das Recht auf ein gleichberechtigtes Leben.

Und wenn du hinterfragst, warum du gewisse Dinge nicht machen darfst – oder nur in den heimischen Mauern –, bekommst du dieselbe Antwort: „Weil du ein Mädchen bist, das geht nicht." Über die Jahre nimmst du solche Normen als Selbstverständlichkeit, weil sie seit der Geburt da sind. Und sie als erwachsene Frau zu ändern, ist oftmals schwer, weil sie bereits eingepflanzt sind. In den Sommerferien bekamen meine Brüder ein Fahrrad, ich beobachtete sie dabei, wie sie durch unsere Straße und über die grünen Felder fuhren und eine Staubwolke hinterließen. Es weckte in mir den Wunsch, ebenfalls Radfahren zu lernen. Allerdings durfte ich es nur im heimischen Garten tun. Meine Eltern mochten es zwar erlaubt haben, dennoch fürchteten sie, dass die Nachbar*innen schlecht über mich sprechen könnten. Der Garten war zu klein für meine Übungen. Die Begrenzung und das enge Übungsfeld behinderten meinen Lernprozess. Ich stieß bei jedem Versuch an die Wände und stützte mich alle paar Meter an Gegenständen ab, um eine Kollision zu verhindern. Ich bekam dadurch an meinen Beinen alle möglichen blauen Flecke. Am Ende habe ich das Radfahren zwar gelernt, doch stellt sich die Frage: wofür? Um gegen Wände zu stoßen? Inzwischen heilen die Wunden schnell, aber sie haben tiefe Spuren hinterlassen.

Nach sechs langen Monaten des Wartens kehren wir von der Slowakei nach Österreich zurück. Es ist Mitte Juli. Endlich, der Wunsch nach Stabilität im Leben wird erfüllt. Allerdings kommen wir wieder in ein Quartier, solange, bis der positive Bescheid vorliegt. Es handelt sich um ein reines Männerheim, das auf einer Bergspitze in Unken im Bezirk Zell am See liegt. Meine Mama und ich sind eineinhalb Monate lang davon ausgeschlossen, die Küche zu betreten. Ich fühle mich extrem eingeschränkt, außer Spaziergängen mit meinen Eltern bleibt mir wenig. Eines Tages erblicke ich ein Fahrrad vor dem Haus. Das sehnsüchtige Mädchen in mir erwacht und so ergreife ich die Gelegenheit und versuche, nach Jahren wieder allein auf zwei Rädern zu stehen. Während der Abfahrt den Hügel hinunter betätige ich versehentlich die hintere Bremse und stürze in einen Stachelbusch. Das Fahrrad folgt mir. Ich habe am ganzen Körper Kratzer und Wunden. Diesmal jedoch bin ich stolz auf sie, denn ich habe einen weiteren Traum des verborgenen Mädchens in mir verwirklicht.

August 2016, Unken/Österreich

Two homes, one soul

Es ist der 24. August, und wir steigen aus dem Zug. Unsere Schritte führen uns durch die unbekannten Straßen von Hallein. Mit wenigen Koffern machen wir uns auf den Weg zu unserer neuen Wohnung, die sich später „Zuhause" nennen wird. Die Wohnung ist karg und kalt, die Räume sind leer, bis auf die Türen. Wie kann so ein Ort jemals den Anspruch erheben, meine Heimat zu werden? Die Fremdheit umgibt mich, die Nachbarschaft, die Straßen, die Menschen, die Sprache und vor allem das Wetter. Wie soll es mir je gelingen, die bestehenden Lücken zu füllen, um das Gefühl von Ankunft, Zugehörigkeit und vor allem von „Zuhause" zu empfinden?

Was bedeutet eigentlich Heimat, Mentorin? Ist es der Ort, an dem man erstmals die Welt erblickt, seine ersten Schritte unternimmt und die ersten Worte ausspricht? Oder ist Heimat jener Ort, an dem man sich sicher fühlt, eine vielversprechende Zukunft sieht, sich frei ausdrücken kann, ohne dabei Angst zu haben?

Sag mir, Mentorin, gibt es nur ein Zuhause? Und soll man auf eines verzichten, um im anderen zu existieren?

Der schmerzhafteste Aspekt des Ankommens nach einer Flucht ist das Gefühlschaos zwischen Seele und Körper. Es existiert kein Knopf, den man drücken könnte, um tief verwurzelte Erinnerungen auszulöschen. Der Konflikt zwischen dem Hier und Dort, zwischen dem Körper, der plötzlich an einem anderen Ort ist, und der Seele, die an dem Ort geblieben ist, an dem sie einst war. Eine Vergangenheit, die sich hartnäckig weigert, vergessen zu werden, und eine Zukunft, die ungewiss erscheint. Dieser Konflikt beraubt einen oft der Gegenwart und des Sinngehalts des Voranschreitens.

Und genau das hält mich gefangen.

Drei Jahre sind vergangen, und ich befinde mich in einem Zustand, der weder hier noch dort ist. Es vergeht keine Nacht, in der ich nicht in Kobanê bin, in der ich nicht von Zuhause träume. Jedes Detail erscheint klar und deutlich, als wäre ich nie weggegangen, als wären die vergangenen drei Jahre nur ein enger Spalt in der Zeit. Ich kann meine ambivalenten Existenzgefühle nicht kontrollieren, ich bin gefangen in diesem Labyrinth, manchmal fühle mich angekommen hier in Österreich, oft bekomme ich Heimweh. Manchmal halte ich mich für emotional schwach, weil ich diese Sehnsucht nicht überwinden kann, oft halte ich mich aber für eine Verräterin, weil ich sie vergessen möchte.

Aber vielleicht muss ich nicht auf ein Zuhause verzichten, um in dem anderen leben zu können, Mentorin.

Vielleicht ist es keine Schwäche, weiterhin von diesem Ort zu träumen. Denn tagsüber gehe ich meinen Verpflichtungen nach, verfolge meine Ziele, erlerne die Sprache, kommuniziere und trage meinen Teil zu einer erfolgreichen Integration bei. Doch nachts, in meinen tiefsten Träumen, wandert meine Seele dorthin, wo sie sich wirklich zuhause fühlt.

Januar 2017, irgendwo zwischen Österreich und Kobanê

Traumfängerin

Wunschträume, warum existieren sie? Warum hat man Träume? Warum nimmt man sich vor, sie zu verwirklichen und verdienen sie überhaupt so viel Hingabe und Widmung?

Ein Wunschtraum ist eine kleine Flamme, die einem den Anfang eines verborgenen Wegs zeigt. Eine Flamme, die trotz ihrer wärmenden Wirkung leicht erlischt, wenn sie nicht geschützt und mit Widmung und Streben gefüttert wird. Oft frage ich mich, ob ich Traumfängerin bin oder vielleicht Traumtänzerin. Der Unterschied zwischen einem Traumtänzer und einem Traumfänger, glaube ich, ist einfach, der eine redet nur davon, während der andere den Traum in ein Ziel verwandelt.

In Kobanê war mein Onkel ein Vorschullehrer. Als ich viereinhalb war, nahm er mich eines Tages mit in die Schule und ließ mich in einer Vorschulklasse. Nach seiner Arbeitszeit kam er zurück, um mich abzuholen. Ich weigerte mich mitzukommen, denn ich hatte mich bereits eingelebt und Freund*innen gefunden. Am nächsten Tag, bevor er das Haus verließ, weinte ich wie verrückt und wollte wieder mit ihm mitgehen. Sie hatten Nachsicht, ich durfte wieder in die Schule. Am dritten Tag habe ich bereits Hausaufgaben nach Hause gebracht und nahm sie äußerst ernst. Mein Vater, der auch Lehrer war, durfte mich als außerordentliche Schülerin mit viereinhalb Jahren anmelden, da für Lehrer*innen diese Ausnahme möglich war. Meine Mama konnte keine Schuluniformen in meiner Größe finden, also nähte sie eine kleinere extra für mich. Somit absolvierte ich, bis ich sechs war, zweimal die erste Klasse und durfte dann mit sechs in die zweite Klasse. Ich war immer mindestens um ein Jahr fortgeschrittener als die Schüler*innen in meinem Alter.

Mit sieben kam ich eines Tages zu meinen Eltern und erzählte von meinem Traumberuf: Papa, Mama! Ich will Journalistin werden! Natürlich nahmen sie das nicht ernst. Wie soll ein siebenjähriges Kind wissen, was es in zwanzig Jahren werden will? Außerdem war der Traumberuf aller Schülerinnen, Ärztin oder Anwältin zu werden.

Ich aber eine Kriegsreporterin.

Dieser Traum wuchs in mir, in jedem Lebensabschnitt hat mich die kleine Flamme begleitet. Insbesondere während des Krieges und nach der ersten Flucht kämpfte ich, um diesen Traum zu verwirklichen.

Nach meiner Ankunft erzählte mir mein Bruder, der vor uns nach Österreich kam, dass nicht einmal die Muttersprachler*innen es schaffen, Journalist*innen zu werden. Diese Äußerung schüttelte mich, aber etwas in mir wollte das, was er gerade sagte, verleugnen. Denn dieser Traum war die Flamme in mir, die mich vorm Zusammenbrechen schützte, und das Einzige, das meinem Kampf für die Existenz Sinn gab.

Ich lernte die deutsche Sprache an zwei Institutionen, so intensiv wie es ging, suchte nach einer Studienmöglichkeit für Journalismus in Salzburg und ließ mein Maturazeugnis übersetzen, ob es anerkennt wurde, ist eine andere Geschichte.

März 2017, Kobanê/Syrien

Der Maisfeld am Weg zur Zulassungsstelle

Mit bittenden Augen schaue ich auf. Ich beobachte ihn, während er jedes Dokument die Stirn runzelnd durchblättert. Jede Sekunde kommt mir wie eine Ewigkeit vor. Eine Glasscheibe trennt uns, trotzdem kann ich mein Zittern nicht aufhalten. Allerdings weiß ich nicht warum, weil er so autoritär aussieht oder weil er wirklich Autorität hat? Mein Herz klopft in meinen Ohren, ich versuche gelassen zu bleiben, aber meine Blicke, meine Körpersprache, verraten mich. Es kommt mir manchmal vor, als ob er diese Rolle genießt, aber ehrlich gesagt ist mir im Moment relativ gleichgültig, wie er die Macht, die ihm seine Arbeit verleiht, nutzt, solange er seine Arbeit macht.

Verwirrt schaut er mich an. Ich brauche kein Wort, um seine Blicke zu verstehen. Der Fluch der Flucht wird mich nie erlösen, erwidere ich innerlich. Du fragst dich warum, Mentorin? Das Zeugnis kann aufgrund der falschen Schreibweise meines Namens und Geburtsdatums nicht gleichgestellt werden.

Am Weg zurück von der Zulassungsstelle für fremde Reifeprüfungszeugnisse beobachte ich im Bus ein Maisfeld, es sprießt gerade.

Mittlerweile kann ich schon davon ausgehen, dass er mich kennt, mein Gesicht mindestens einmal im Monat zu sehen und meine Unterlagen jede Woche zu bearbeiten, bringt ihn schon dazu, mich zu kennen oder zu hassen. Wenn ich noch ein bisschen ehrlicher sein darf, Mentorin, dann kann ich sogar zugeben, dass ich mein neues Hobby auch genieße. Jede zweite Woche denselben Bus zu nehmen, dieselbe Tür zu betreten und dieselbe Person anzusprechen.

An einem der vielen Besuchstage fordert mein Sachbearbeiter mich auf, Identitätsbestätigungen aus der Türkei zu holen. Das Maisfeld blüht auf. Ich nehme sowohl mit der ausländischen türkischen Botschaft als auch mit den Bildungsinstitutionen Kontakt auf. Mit einem Dokument in der Hand fahre ich, wie ein stolzes Mädchen, wenn es um die Erfüllung der Wünsche seines Vaters geht. Ich stehe wieder vor dem Schalter. Seine hellblauen Augen richten sich auf mich: Wir benötigen von deiner Schule eine Besuchsbestätigung. Die Maisblätter im Feld streuen sich...

Ich komme einige Zeit später wieder und berichte, dass die Schule nicht mehr existiert, da sie ein temporäres Angebot für syrische Schüler*innen war. Die goldfarbenen, ausgewachsenen Maiskolben warten auf ihre Erlösung. Die Zeit vergeht, auf meine Erlösung warte ich noch immer.

„Dein Zeugnis wird von Expert*innen des österreichischen Ministeriums für Bildung geprüft", sagt er mir. Meine Deutschlehrerin schlägt vor, mich trotzdem für das Studium Kommunikationswissenschaft zu bewerben, inzwischen bekomme ich sogar einen Termin für den Aufnahmetest. Endlich ein Funke der Hoffnung.

Meine von Tränen überströmten Wangen betrachten das abgeerntete Maisfeld, während ich zitternd die Zulassungsbestätigung in den Händen halte.

September 2018, Salzburg/Österreich

*Sei gütig zu allen Menschen
denen du begegnest, denn jeder
von ihnen kämpft einen
schweren Krieg.*

_Plato

Klopapierkampf, ein Flashback

Ich sitze im Hörsaal, es ist der Beginn meines vierten Semesters an der Universität Salzburg. Die ersten zwei waren schmerzvoll. Schlaflose Nächte, Ringen mit der Sprache, aber was am meisten erschöpfte, war mein Scheitern an fast allen Prüfungen.

Langsam gewöhne ich mich aber an das Uni-System und ich fand sogar erste Freund*innen, was nicht leicht ist, obwohl wir alle Kommunikationswissenschaft studieren. Während der Vorlesung erhalten wir eine E-Mail, die besagt, dass die Uni aufgrund der Anzahl von Infektionen an Covid-19 auf „Distance Learning“ umstellen muss. Die Stimmung im Saal verändert sich, wir verlassen das Gebäude und ich gehe mit einer Freundin in den Supermarkt, um Desinfektionsmittel zu kaufen. Leere Regale erwarten uns. Überall herrscht Chaos. Das Klopapier ist aus.

Was für ein Flashback!

Als die erste IS-Bombe an jenem Vormittag 2014 in der Nähe der Brotfabrik in Kobanê einschlug, herrschte ebenfalls Chaos. Nicht wegen Klopapier, sondern wegen Brot. Mein Onkel kam nach ein paar Stunden mit zwei Packungen nach Hause und erzählte stolz, dass er das Brot aus derselben Fabrik geholt hatte.

Am Nachmittag musste ich aber zum Unterricht und bereitete mich vor, ohne meine Sorgen spürbar zu machen. Ich wollte gerade aus dem Haus, als meine Mama mir verbat, hinauszugehen. Ich widersetzte mich, doch sie verstellte mir den Weg, denn sie hatte Angst vor einem neuen Angriff in der Stadt. Mentorin, ich weiß noch, wie meine Freundin draußen auf mich gewartet hat. Wir gingen immer gemeinsam zur Schule. Ich wusste, was meine Mama überreden kann, also ließ ich meinen Vater mit ihr sprechen. Der Unterricht musste doch stattfinden.

In der Stadt war eine beunruhigende Stille. Wir hörten nur den Wagen mit den Ankündigungen der Märtyrer*innen vorbeifahren. An diesem Tag spürte ich den IS so nahe, obwohl der Krieg um Kobanê schon seit Monaten lief.

Die Volksverteidigungseinheiten, die hauptsächlich aus Zivilist*innen bestanden, darunter meine Schulkamerad*innen, die vor paar Monaten, die Schule verlassen hatten, kämpften gegen den IS. Uns war klar, was das bedeutete. Dem IS ging es nicht nur um die Kontrolle von Kobanê, sondern um eine systematische Vernichtung. Genau so, wie in den kurdischen Gebieten in Sendjar und Shingal im Irak.

Ich ging mit meiner Freundin zur Schule, die bis auf den Direktor und meinen Lehrer leer war. Von den anderen Schüler*innen war niemand gekommen. Es blieb uns nichts übrig, als nach Hause zu gehen. Am Weg zurück saßen ein paar Frauen vor ihren Häusern. So funktionierte die Kommunikation in einer zerstörten Stadt, die Frauen waren eine Art „Nachrichtenverteiler". Sie sahen uns an und begannen zu schimpfen. Wie konnten wir Bücher in der Hand tragen, während andere Mädchen an den Grenzen Kobanês kämpften! Ich blieb stumm. Wie sollte ich ihnen erklären Mentorin, dass ich zwar keine Waffe tragen konnte, aber auch kämpfte, nur eben auf meine Art?

März 2020, Salzburg/Österreich

Erfolg einer Sonnenblume

Die ersten Strahlen der Sonne streicheln meine müden Augenlider, und dennoch machen die Funken der Vorfreude die Nacht unruhig. Das Gewand, worauf ich mein Leben lang gewartet habe, hängt im Raum, es erzählt mir stumme Geschichten von jahrelanger Hingabe und Beharrlichkeit.

Schon im Vorraum spürt man die Spannung, Luftballons liegen verstreut. Im Wohnzimmer ziehen meine Brüder an den Schnüren der Ballons, füllen die Luft mit Lachen.

Aus der Küche dringt der verlockende Duft eines Kunstwerkes meiner Mama aus Zucker und Liebe. Ich gehe vorbei, in diesem Moment kommt mein Vater mit einem Strauß meiner Lieblingsblumen, als hätte er die Sonne selbst eingefangen. Draußen wuseln meine Cousinen, tragen Essen und Getränke in den Hausgarten unserer Nachbarin. Ich bin sprachlos, doch ein kleiner Stich der Besorgnis nagt an mir. Die Wettervorhersage redet von 90 % Regenwahrscheinlichkeit. Doch ich bin positiv und riskiere gern. Außerdem kann ich die Feier nicht mehr absagen, meine Gäste sind bereits unterwegs.

Meine Mutter bringt in den Garten ihr Meisterwerk, eine weiße Torte mit frisch gepflückten Sonnenblumen darauf platziert, während ich mit meinen Brüdern über die beste Position für die Dekoration nachdenke, spüren wir die ersten Regentropfen. Ein Zelt wird als Schutz gegen die Launen des Himmels aufgestellt.

Der Regen wird ab und zu stärker, wir müssen die Torte in Sicherheit bringen, das tun wir immer wieder, ein Tanz zwischen Drinnen und Draußen, als würde das Wetter mit uns spielen. Die Gäste strömen herbei, der Regen trommelt auf das Zeltdach, das Wasser sammelt sich am Boden, unsere Füße berühren das kühle Nass, und doch spüren wir die Kälte nicht.

Mit der Zeit verabschieden sich die ersten Gäste, wir begleiten sie zur Tür. Wir erschrecken. Die Straße ist überflutet, Stühle und Gegenstände schwimmen vorbei. Ein Chaos aus Wasser, das Hallein auf den Kopf stellt. Inmitten dieses Chaos stehe ich, nehme meine Uni-Abschlussmütze ab und werfe ich sie so hoch ich kann nach oben, während der Regen wie Tränen der Erfüllung über meine Haut rinnt.

Es ist der 17. Juli 2021 und es sind sechzehn Jahre vergangen, seit das kleine Mädchen zu seinen Eltern eilte und verkündete: „Papa, Mama, ich werde Journalistin sein!

In diesem Augenblick verschwimmen die Grenzen der Zeit, das kleine Mädchen von damals blickt mich an, die Locken umrahmen sein unschuldiges Lächeln, und die Augen strahlen vor Zufriedenheit und Glück, während die Sonnenblume des Erfolgs ihre Blütenblätter entfaltet.

Juli 2021, Hallein/Österreich

Die unsichtbare Krankheit

Auf allen Kontinenten gibt es eine Krankheit, die den Frauen das Leben raubt. Die westliche Welt geht davon aus, sie beseitigt zu haben. Sie glaubt sogar, dass diese Krankheit nur in traditionellen Gesellschaften existiert. Diese Krankheit ist ansteckend und hat am meisten Wirkung auf junge Mädchen. Sie schleicht sich in ihre Köpfe, schlägt Wurzeln und vernichtet jeden Gedanken des Widerstands. Die Krankheit tötet zwar nicht, aber sie verursacht eine lebenslange Gefangenschaft.

Als das kleine Mädchen Aljeen von der Krankheit erfuhr, überwältigte sie die Angst, eines der Opfer zu sein. Sie kannte keinen Weg zum Selbstschutz. Sie wusste aber, dass Bildung dabei hilft, sich zu retten.

Jedes Mal, wenn sie sich bedroht fühlte, angesteckt zu werden, nahm sie ihr Tagebuch und erinnerte sich an den Weg, der sie befreien würde. Die Jahre vergingen, sie wurde kritischer, die Krankheit beschäftigte sie permanent.

Je mehr Zeit verging, desto intensiver wurde ihr Hinterfragen. Das Mädchen kam zu einer Schlussfolgerung: Die Lösung lag nicht darin, sich zu schützen, sondern zu widerstehen.

Patriarchalische gesellschaftliche Normen, vorgeschriebene Geschlechterrollen nahmen ihr das Recht auf eine gleichgestellte Kindheit. Warum durfte sie nicht Radfahren, Hüpfen, wie die Jungs? Warum musste sie immer begleitet werden? Warum konnte sie nicht selbst bestimmen, welchen Weg sie geht und mit wem? Warum musste ihre Community für sie Entscheidungen treffen? Je älter sie wurde, desto mehr wurden diese Vorschriften in ihrer Gesellschaft. Ehe ab einem gewissen Alter, Verkleidung und Verhaltensvorschriften nicht erlaubte Selbstständigkeit und eingeschränkte Karrieremöglichkeiten.

Da versprach sie, sich nicht mehr als Opfer zu sehen, sondern etwas zu ändern, nicht auf die Veränderung der Gesellschaft zu warten, die ihr vielleicht irgendwann ihre Rechte schenkte, sie musste ihre Rechte von denen rauben.

Doch die Tatsache war, dass diese Praktiken den Frauen gegenüber als Selbstverständlichkeit erachtet wurden. Das zu realisieren braucht Hinterfragungsfähigkeit. Aber das zu ändern, ist ein Prozess des Schmerzes. Etwa so, als würde man jeden Tag ein Stück seiner Haut abreißen.

Diese Veränderung ist schmerzvoll, Mentorin!

Es ist eine Art Neugeburt. Geburt einer starken, unabhängigen, kämpferischen, erfolgreichen und zufriedenen Version von dir.

Es ist der 6. Oktober 2021. Ich fahre das Auto, im Kofferraum stehen kleine Umzugskartons mit dem notwendigsten Gepäck, denn meine erste Studentenwohnung in Wien wartet bereits auf mich. Das kleine Mädchen schaut mich an, und ich kann ihm nur sagen:

Ich bin von dieser Krankheit nicht mehr ansteckbar, Kleine!

Oktober 2021, Hallein/Österreich

Die Erinnerungen, die wir in Worten begraben, sind dieselben Erinnerungen, die uns immer wieder verfolgen.

- Daniel Sempere, Friedhof der vergessenen Bücher

IS, Schlacht während des tiefsten Schlafs

Es war die Nacht vom 25. Juni 2015 und gleichzeitig der achte Tag des Ramadans. In unserer kleinen Küche saß ich wie an jedem Abend der Fastenzeit und lernte bis zur erlaubten Essenszeit „Sonnenaufgang". Die Uhr zeigte 05:15 Uhr, meine Erschöpfung war spürbar und meine Nervosität wegen der anstehenden Arabisch-Prüfung am nächsten Tag stieg. Denn ich hatte aufgrund des Krieges in Syrien bereits ein Jahr verloren und wollte kein weiteres Jahr opfern. Ich nahm mir eine kurze Pause, die ich damit verbrachte, ein wenig auf Facebook zu stöbern

Plötzlich verkrampfte sich mein Magen, mein Herzschlag dröhnte in meinen Ohren, erschrocken ließ ich das Handy aus meiner Hand fallen und drückte meine Augen fest zu. Ein etwa fünfjähriges Kind in einem Bett, seine Eingeweide hängen aus dem Bauch. Ist das wirklich wahr? Nach ein paar Sekunden wagte ich zitternd, erneut zum Handy zu greifen. Ich scrollte schnell nach unten, doch da war noch ein weiteres Bild. Eine Frau lag in ihrem eigenen Blut, daneben drei Kinder in Schlafanzügen mit abgetrennten Köpfen. Mit jedem Scrollen tauchten mehr Bilder von niedergestochenen Menschen auf. Aufgeschlitzte Bäuche, abgetrennte Gliedmaßen, Männer, Frauen, Großmütter, Kinder in Blutlachen liegend.

Kobanê hatte nach langem Kampf und hartem Widerstand die Kontrolle vom IS zurückerobert. Nun drangen hunderte IS-Anhänger heimlich ein, verkleidet in Uniformen der kurdischen Selbstverteidigung. Kurz vor 04:00 Uhr morgens schlichen sie sich in die Stadt, klopften an die Türen der Zivilist*innen und metzelten die erste Person nieder, die öffnete. Still und unbemerkt schnitten sie in den Häusern Köpfe ab. Die Erwachsenen waren zu dieser Stunde wach, um die Mahlzeit vor dem Fasten einzunehmen. Die IS-Anhänger konnten die Niederlage in Kobanê nicht akzeptieren und besonders, weil sie auch durch die kurdischen Frauen besiegt wurden und somit auf Rache sannen. Für sie war das Sterben durch die Hand einer Frau die schlimmste Schande. Denn laut ihrer Ideologie führt ein solcher Tod nicht ins Paradies. Ich las die Beschreibung dieser Bilder im

Internet und drehte mich abrupt um, und schaute nach draußen. Mein Herz rastete. Blutgeschmack in meinem Mund. Ich hatte mir eingebildet, jammenden hier gesehen zu haben.

Doch ich war hunderte von Kilometern von zuhause entfernt. Ich war auf der anderen Seite von Kobanê, in der Türkei.

Es ist nun 05:56 Uhr und ich befinde mich erneut in der Küche, es ist zugleich der sechste Tag des Ramadans. Diesmal bereite ich mich nicht auf die Matura vor, sondern studiere nun an der Universität in Wien und forsche über IS-Verbrechen, als ob diese Organisation nur im Forschungskontext existierte. Als ob das Kobanê-Massaker sich nur in wissenschaftlichen Quellen zugetragen hätte. Als seien in jener Ramadan-Nacht keine 345 Unschuldige, darunter ein Cousin von mir, getötet worden. Sechs Jahre sind vergangen, und in jeder Ramadan-Nacht, in der ich bis zum Sonnenaufgang lerne, kehrt das Bild des kleinen Kindes zurück. Und ich blicke ängstlich, ob sich jemand hierher wagt.

April 2022, Wien/Österreich

Fluch der Flucht

Liebe Mentorin,

nach meinem letzten Brief hast du vermutlich ein Happy End in meiner Geschichte erwartet. Das wäre wohl der Fall, wenn mein Leben ein Film wäre, doch das ist es nicht. Es war nur ein glücklicher Abschnitt, denn was mir nun begegnet, ist ein weiteres Kapitel des Kampfes.

Im vergangenen Monat erhielt ich endlich die Gelegenheit zu einem persönlichen Bewerbungsgespräch bei einer staatlichen Medienagentur in Wien. Dies war der lang ersehnte Moment nach fünf Jahren freiwilliger Tätigkeit in der Journalismusbranche, fast zwei abgeschlossenen Universitätsstudien und einer zweijährigen, täglichen Suche nach einer Stelle in diesem Bereich. Meine Anstrengungen sollten nun Früchte tragen.

Im Meetingraum wurde ich interviewt, im Verlauf des Gesprächs schien es beinahe so, als hätte die Frau mich bereits eingestellt. Denn sie war begeistert von meinem journalistischen Werdegang während meiner siebenjährigen Aufenthaltsperiode in Österreich. Und als ich von meinem Dokumentarfilm über häusliche Gewalt in Österreich berichtete, der im Kino lief, ein Projekt, das ich in meinem Lebenslauf nicht explizit erwähnte, konnte sie ihre Überraschung nicht verbergen. Beim Abschied sagte sie: „Bei uns findest du definitiv eine Stelle".

Ein paar Tage später erhielt ich eine automatische E-Mail: „Trotz Ihrer vielfältigen Erfahrungen haben wir uns für andere Bewerber*innen entschieden, deren Qualifikationen besser zu den spezifischen Anforderungen der Stelle passen." Ich las diese wohlbekannte Nachricht und bat um einen Rückruf, denn ich habe die beiden in der Ausschreibung vorausgesetzten Erfahrungen vorweisen können. Doch die ersehnte Rückmeldung blieb aus – und wird wohl ausbleiben, da dies nicht meine erste Bewerbung bei ihnen war.

Aber weißt du, Mentorin, was daran so absurd ist? Die Zeile auf ihrem Jobportal, die besagt: „Bewerbungen von Personen mit Migrationshintergrund sind willkommen." Welch Ironie! Denn genau das bin ich, oder?

Dieses verfluchte Wort schließt mich aus, nimmt mir das Recht, als qualifiziert betrachtet zu werden. Ein Wort, das eigentlich so viele positive Aspekte beinhalten sollte, reduziert mich auf eine inkompetente, unfähige Migrantin in der Gesellschaft.

Am Ende es ist wohl unwichtig, wie viele Titel nach meinem Namen stehen, der Titel als Flüchtling, wird mich immer begleiten.

Das ist der Fluch der Flucht…

Juli 2023, Wien/Österreich

Vielleicht suchst du in den Zweigen nach etwas, was nur in den Wurzeln zu finden ist.

_ Rumi

An meine Mentorin

Auf dem Weg der Selbstwiederfindung, inmitten eines Krieges, der tiefe Narben hinterlassen hatte, kämpfte ich in meinen eigenen Krieg, den ich gut verbarg. Dennoch war meine Erschöpfung spürbar, ich begab mich also auf die Suche nach einer Mentorin, die meine Hand ergreifen und mir den Weg der Erlösung zeigen würde.

Ich war oft hilflos, Mentorin! Nach jeder Flucht und Ankunft in einem völlig fremden Land sehnte ich mich nach deiner Anwesenheit. Nicht weil ich Schwäche in mir spürte, sondern vielmehr aus Orientierungslosigkeit. Der Aufbruch, das Gefühlschaos, die Entfremdung, die geraubte Zukunft, die verlorene Vergangenheit und die Erinnerungen verfolgten mich auf Schritt und Tritt.

Wie zeigt sich ein Kampf, wenn er in der Seele tobt? Wie hätte ich mir Hilfe holen können, wenn alle, die ich kannte, mein Schicksal teilten?

Aber ich schrieb…

In meinen dunkelsten Momenten wandte ich mich an dich, Mentorin. Ich verfasste Briefe, die meine Ängste, Träume und Sehnsüchte dokumentierten, denn so bewahrte ich deine Existenz.

Ich wünschte, du hättest auch in der Realität existiert.

In jeder Person, die mir auf meiner langen Reise begegnete, suchte ich nach dir. Nach einem Gespräch mit einem herzlichen, aufgeschlossenen Menschen schien es, als hätte ich dich gefunden. Doch mit der Zeit schwanden die Personen, und mit ihnen meine Hoffnung.

Zehn Jahre sind mittlerweile vergangen seit meiner ersten Flucht. Bei jedem Gefühl des Verlorenseins schrieb ich in das Tagebuch, als hätte ich damit dir davon erzählt. Jedes Mal, wenn mir die Hoffnung zur Neige ging.

In jedem Moment der Hilflosigkeit habe ich meine alten Briefe gelesen, meine Motivationsbriefe, ließen mich weiterkämpfen. Jedes Mal, wenn ich sie lese, kann ich nicht anders, als das kleine Mädchen in mir wertzuschätzen, das mich zu retten wusste.

Über Jahre hinweg versuchte ich vergeblich, dich an anderen Orten zu finden, während du die ganze Zeit über da warst.

August 2023, Wien/Österreich

ALJEEN HASAN

Mein Name ist Aljeen, der auf Kurdisch Lebensfahne bedeutet. In Österreich heiße ich aufgrund eines Transkriptionsfehlers "Elcin", der für mich den Ausgang meiner ersten Auseinandersetzung mit der Identität in Österreich bedeutet.

Ich sehe mich als Menschenrechtsaktivistin und angehende Journalistin, die gerne Geschichten erzählt. Ich stamme aus einer kleinen kurdischen Stadt namens Kobanê in Nordsyrien, die durch ihre tapferen Kämpferinnen bekannt ist. Ob ich eine von ihnen bin, hängt davon ab, um welchen Kampf es geht.

Dieses Porträtfoto von mir soll eigentlich dazu dienen, mich besser vorzustellen. Aber wer ich wirklich bin, was mich prägt und was hinter diesem Lächeln steckt, kann nur durch diese Geschichten erfahren werden.

Loved this book?
Why not write your own at story.one?

Let's go!